눈이 녹으면

심장을 돌려받는

멀고 아름다운 미래에서

안미린

희소 미래

안미린

희소 미래

안미린

PIN

055

차례

1부
희소 미래

2부

❄

3부

유사 미래도 없이

PIN
055

희소 미래

안미린
시

1부

희소 미래

희소 미래

()

그 모든 것이 시작되기 전에

작고 하얗고 사랑스러운

미미래였어

희소 미래

1

눈사람 형상의 미행성이 다가오고 있다

그것은 희고 부드러워 보인다
놀라울 만큼

생물처럼 보인다

하얀 인형처럼 보인다

하얀 털 눈사람에 가까운
첫 생물처럼 보인다

우리는 우주로 잠시 다가가

새로운 행성의 성분을 조사하고

검토하고 사랑하고

이 눈부신 존재가
끝내 사랑스럽다는 결론에 이른다

한여름 상점가에선
복슬눈사람 인형이 인기를 끌었다

희소 미래
2

유사 지구입니다

희소 생물입니다

심우주에서 온
크리처입니다

수없는 목소리가 들려올 때

누구였을까

우리의 집에 행성이 충돌하는 일은
일어나지 않을 것입니다

그것은 희고 부드럽게

맑은 우주를 흘러 다닐 뿐입니다

웃고 있을까

어젯밤 무인 우주선에
눈과 입을 그려준 사람

희소 미래

3

너희는 희소 생물에게 이름을 불러준다

먼 외계에게
작고 투명한 목소리를 들려준다

복슬눈사람 인형에게
눈의 기억을 들려준다

흰 청력의
눈사람 언어를 영영 알 수 없지만

너희는 눈 내리는 소리에 귀를 기울이고

아무도 밟지 않은 눈길에
미래를 주저하고

첫 발자국을 거둔다

흰 눈이 지켜지는 동안
이곳은

흰 심장과 하얀 폐를 숨긴

환한 행성이었다

희소 미래

4

흰쌀밥 위에 청레몬 조각

고조부의 새벽이었다

아무도 아닌 사람이었다

초겨울 레몬나무 아래
낮은 상차림

늦겨울 수묵화의
눈사람 그림자

오래된 외계인처럼
누구도 아닌 사람이었다

열린 것을 얼려두는 여름을 지나
눈사람에 심어두는 청레몬

첫 눈사람에 심긴
첫 심장

눈사람의 첫 심장이 씨앗의 모든 것일 때
눈이 녹으면 심장을 돌려받는 것

텅 빈 고조부의 일기에는
옅은 청레몬 향기가 났다

미래 깊은 밤

나는 희소 정서를 물려받는다

희소 미래

5

내게 심긴

청레몬빛 심장

씨앗의 모든 것이 펼쳐지는

내가 되기를

희소 미래

6

들리나요

먼 목소리를 듣고 있나요

무인 행성에 보낸 일기들이
돌아온대요

우리가 외계로 떠나보낸
초여름 일기들이요

빛과 해변들
숲과 이끼들이요

어린 시절 첫 미래와
미탐험된 꿈결들

언제 사라졌는지 모를
옅은 첫 슬픔의 기억까지

되돌아와요
날짜가 지워진 일기들

날씨에 감춰진 비밀들
유리로 된 생일 선물처럼

(유리 레몬과 유리 연필처럼)

가만히 열린 방문 틈으로
잠든 후 머리맡으로

섬약하게 점멸하는 빛으로
부드럽게 휘도는 음속으로

우주어도 외계어도 아닌
유리 연필의 언어로

도착하고 있어요
우리만의 이야기가 아닌 채로

외계의 성분이 섞인 추억으로
외계의 기분이 깃든 추상으로

유리 연필적인 추론으로

긴 유리 연필을 깎는 빛으로

유리 일기가 눈부시게 빛나요

희소 미래
7

들리나요

먼 목소리를 듣고 있나요

먼 목소리가 깊은 꿈속에 닿을 수 있을까요

한낮 어두운 꿈속으로
환한 입김을 불어 넣을 수 있을까요

입김 서린 유리에 하트를 그려두는 것, 하트가
사라질 때까지 사랑스러워하는 것, 어린 영혼처럼
하트와 심장을 구별하지 않는 것

이 모든 것이 텅 빈 꿈을 위한 것이 아니었을 때
환한 목소리를 기억할 수 있을까요

오랜 입김은 목소리가 될 수 있을까요

섬세하게 조성된 실패들, 꿈의 실금들, 영혼이
흰 안개에 둘러싸이듯 안개를 둘러싸는 흰 영혼

어떤 영혼이 유리컵을 깨뜨리지 않을 수 있을까
요

입김을 불어 환한 목소리를 마주하는
꿈속 고요에서

희소 미래
8

라일락과 겹작약, 레몬꽃이 흐드러지고 흰 수련
이 자리 잡은 공원에서

공공의 세계에서

우리는 공공의 영혼을 기다렸다

너희는 영혼의 미래를 기다렸다

그들은 미래의 영혼을 기다렸다

공공의 미래에 영혼이 있다면
어린 새일 텐데

깊은 밤 진동하는 꽃 향취

가없는 아름다움이 공공의 것이 될 때

흰 수련에 날아 앉는 어린 새

단지 영혼일까

희소 미래
9

곧 제로가 될 것이다

(⋯⋯)

나는 모든 것들 위에

유리 종을 놓는다[*]

겨울 강가에서 희수를 만나기로 했다

먼저 와 기다리면서 언 강을 맴돌았다 지난밤 키
가 한 뼘 자랐다는 희수의 목소리가 아련해서 흰 금
을 새겼다 얇게 깨진 얼음 아래 날 선 빛이 일렁였
다 신발 끈이 풀린 하얀 스케이트화였다 칼날이 흐
르는 물결을 베자 이윽고 물결이 흐르며 아물었다

아무 일도 일어나지 않은 듯 혹은 투명한 빛의 시간
인 듯 깊게 얼음이 얼고

　어디선가 유리 종이 울리고

　아마도 그것은 정오를 알리는 것이었지만 종이
멈추고 종소리가 남겨질 때
　도착 없는 회수가 말해주었다

　이 기억은 미래였구나

　흰 금이 간 자리에
　착지된 미래

* 마거릿 애트우드Margaret Atwood

2부

눈사람 뒤에 선다 줄을 선다 줄이 이어진다 긴 줄이 이어진다 긴 줄 끝에 흰 사슴이 없다 초겨울 사슴은 뿔이 마저 부스러지기를 기다린다 긴 줄 끝에 유리 책이 없다 유리에 새긴 이야기는 숲의 심설에 묻혀 있다 긴 줄 끝에 흰 지도가 없다 레몬을 올려둔 흰 지도는 여름 이불 위에 있다 긴 줄 끝에 눈사람을 닮은 모든 것이 없다 나는 눈사람에게 레몬빛 목도리를 둘러준다 긴 줄 끝에 나의 순서가 없다

　나의 순서는 부서진 무릎걸음으로 도착하는 것

　뒤돌아보는 눈사람의 것

　긴 줄 끝에 텅 빈 자리가 없고
　긴 줄 끝은 폭설이었다

눈과 입이 없는

눈사람의 첫 표정

눈사람 곁에 선다

내게서 아주 잠시

눈사람에게 전해진
연한 온기

야광 눈사람을 본다

야광 눈사람이구나

야광 눈사람이라니

숲 깊은 밤

인간의 어깨를 잘 모르는
작은 새가 날아와 앉는다

숲이 아닌 숨을 쉬어도
새가 날아가지 않는다

눈사람의 밤처럼 눈을 감지 않아도

나를 떠날 수 없는 일이

환하게 하나 더 늘었다

사방의 아름다운 벡터들

폭죽 터뜨리는 밤 폭설이었다

불꽃을 터뜨릴 때 눈이 온 걸까

폭설이 와서 폭죽을 터뜨린 걸까

눈이 쌓이고 쌓여서 눈사람 어깨에 머리를 기대면

하얀 거짓말을 터득한 어느 날처럼

벡터적으로 사라지는 기분

눈과 빛이 섞이는 축하음이 들렸다

베개 깃털처럼 흩어진 미래음이 들렸다

폭설이 와서 폭죽을 터뜨린 거야

내 하얀 입김이 들렸다

눈사람의 온존을 생각했다

오리눈사람과 오리너구리를 생각했다

오리너구리눈사람을 생각했다

안경원숭이눈사람을 생각했다

눈사람에게 은빛 안경테를 씌우는 기억을 멈출
수 없어서

동물들 식물들 사물들 크리처…… 발뒤꿈치를
들어 올리면 손이 닿는 눈사람

삼층눈사람을 쌓아 올렸다

인간눈사람을 쌓아 올렸다

체온이 무게처럼 내려앉아도

이층에 마음이 있다고 믿고 말아서

—나의 태아에게

낯선 아이가 곁에 선다

누구니
작고 아름다운 너는

눈사람이 듣는다

눈사람을 흰 사람이라고 부르고 싶어

흰 사람에게 흰 선물을 건네고 싶어

눈사람에게 눈송이를 선물해도 될까

둥근 꼬리를 달아줘도 될까

안 하느니만 못한 눈싸움을 하고 싶어

눈덩이 속에 레몬 젤리를 숨겨두고 싶어

슬픔은 깊을수록 투명해지고 싶어

밝은 손전등으로 잠시 비추고 싶어

슬픔이 전부일 리 없는
미세계

눈사람이 다 듣는다

여린 밤
흰 배내옷을 입힌 눈사람이

꿈과 기억에 선을 긋지 않는 밤

얼음 열쇠를 흘린 곳에 돌아온다

아무도 없지 않았는데 이토록 고요하다니

차고 투명하게 잃어버린 열쇠가 어둠을 열어둔
것이라니

가장 깊이 잊었지만 비밀은 아니었던 곳

여름에 비건축되고 겨울에 미건축된 곳

얼음을 얼리면서 열쇠의 미래를 굳히는

기억은 계절을 잠그고 다니는구나

겨울의 미래가 여름이듯이

여름의 미래가 겨울이듯이

돌아온 모든 곳에서 열쇠를 녹이는구나

가장 깊은 어둠을

옅은 잠이라고 믿고 싶어서

그 선한 외계인은
모처럼 지구에서

겨울의 지구에서

눈사람이 되는 일 이외의 모든 것을 미루면서
하염없이 서 있다

그 모든 것이 시작되기 전에 눈이 멈출지도 몰라서, 눈사람과 눈사람 사이 잠든 눈사람이 있을지도 몰라서, 미래가 시작되기 전에 미미래가 놓일지도 모르고, 미래의 눈사람과 미미래의 눈사람 사이, 잠든 눈사람을 녹여서 비워두는 자리, 레몬향을 풍기는 차고 투명한 신이 숨어드는지도 몰라서, 초여름에 얼린 과일들, 얼린 것이 열리는 겨울들, 첫눈으로 첫 눈사람을 만들자던 약속을 끝내 지키고 싶었는지도 몰라서

　비미래의 눈사람과 미미래의 눈사람 사이

　칼도 아닌 창을 든
　연한 영혼이

아무도 없는 공터였다 눈사람조차도

누가 눈사람을 부수면 잠시
그 사실을 믿을 수 없는……

부서진 눈을 모아서 다시 사람을 만든 적
미동한 적 있는

하굣길

연푸른 교복들

❄

첫 환생에서 본 것은

아이들
언 손들
피어오르는 입술들
생각과 기운
가상함
비밀과 그늘
괴물의 정물
눈부처
은빛 헬륨 풍선
복제들
비미래

미미래

레몬들

사무침

레몬들

심장들

레몬들

……

❄

아무도 없는 공터였다

눈사람이 떠나면 잠시

그 사실을 믿을 수 없었지만

—첫눈의 미래*

❄

하얀 케이크를 숨겨두고
모든 생일을 기다렸다

어둠 속에서 불을 켜지 않았다

❄

촛불을 켜지 않은 밤이
생일 전에 찾아온 미래인 것 같아서

생일 초를 남기는 지난 생일들

텅 빈 케이크 상자에 잠가둔 어둠이

가볍고 따듯했다

❄

부러진 케이크 칼을
여린 광물처럼 나누어 갖는 밤

우주 마지막 장르처럼

기억될 수도 기록될 수도 없는
첫 생일이 발설되었다

어둠에 매설된 작고 우주적인 빛

녹슨 우주선의 먼빛처럼

남겨진 생일 초에 불을 붙일 때

생일이 아니었던 밤에 생일을 축하하는
서툰 입김들……

※

하얀 케이크에 첫눈이 쌓이고 있었다

※

모든 생일을 기다리면서 케이크를 숨겨두는
첫눈의 미래

케이크의 눈을 털면

희고 차가운 기쁨이었다

너의 부드러운 어둠은

틀린 생일에 모든 생일을 축하받는 옅은 미래감

* 국립현대미술관 앤솔러지 『전자적 숲 : 더 멀리 도망치기』 수록

초새벽 흰눈색을 본다

오래된 종이 사전을 펼쳐서
단어를 찾는다

흰눈색

있구나

단어의 빛을 본다

지난밤 눈사람이 쓰던 일기를
이어서 쓸 수 있다

3부

유사 미래도 없이

희소 미래
—유리 일기

친구의 사물을 쏟은 후
빛나는 일이 있었구나

유리 일기에 그 일을 새겨두었구나

24세기에는
친구를 낳을 수 있을까

눈부신 질문을
유리 연필로 새겨두었구나

희소 미래
—가없는 가엾음

눈이 멈추지 않는 일기를 읽는다 눈의 일기에 적
힌 숲의 주소를 믿는다 흰 숲의 주소를 향해 눈사람
사냥을 막으러 간다 눈사람 사냥이라니 믿을 수 없
었지만 가없이 가엾게도 사냥이 일어나는 겨울 이
밤은 눈사람도 어둡구나 희고 어둡구나

숲속 첫 눈사람을 지키려고 누군가 온다 인간일
까 크리처일까 희미하게 가라앉는 눈 속에서 희고
어두운 한 존재가 가호받는 밤 풍경 너는 눈사람에
게 온다 비가 오거나 눈이 내려야 진정한 형체를 드
러내는 친구 같았다

희소 미래
—멸경

양면 거울을 숲속 한가운데 세워두었다

한밤을 걸어 들어가고 싶은 네게 그것은
밤 산책처럼 뒷면을 바라보는 일이었다 뒷면의
뒷면을 앞면이라 하지 않고도

산책로를 드리우는

거울 속으로 나아갈 수 없다는 말을 들어도 이제
껏 그런 적은 없었다는 말을 들어도

그런 은빛 입술을 읽어도

거울 곁에서

너는 네 모습을 볼 수 없을 때까지 비켜서면서
생동했고

숲지기처럼 밤을 새웠다

거울 속이 눈이 부시면

숲이 햇빛으로 짖었다

희소 미래
—어느 미래계

그 모든 것이 시작되기 전에

작고 하얗고 사랑스러운
미미래일 때

비미래일 때

어느 밤 털장갑을 잃어버렸을 때

그날 밤 털장갑을 선물받았을 때

흰 털장갑으로 두 손 모아 기도했을 때

잠시 아무 일도 일어나지 않은 세계일 때

눈에 쏟은 맑고 따듯한 물

물 얼룩이 번진 만큼 미래였을 때

실은 미래가 아니었을 때

눈의 계절이었을 때

단지 눈이 쌓인 여기였을 때

희소 미래
—해변 눈쓸기

사라진 주소 위에 모래성을 지었다

먼 물결을 기다리면서 가건축을 했다

아주 무거운 돌쌓기가 가장 가벼운 소원을 들어주었으니, 파도에 섞인 목소리가 신도 외계인도 아니었으니

이르거나 늦은 봄눈을 쓸어주었다

빈집에 두고 온 식물이 영원 직전까지 자라나듯이, 버려진 흰 개가 해변을 따라 집으로 돌아가듯이

여기가 어디인지 길고 긴 주소를 읽어주는

가없는 물결의 빛

희소 미래
—흰 개의 환한

흰 개의 눈을 읽는다

텅 빈 벌집을 건드리고 온 두 눈

흐르는 잿빛 꿀처럼
얼어붙은 벌들이 쏟아질 때

흰 개는
먼 집을 생각하는구나

먼빛을 생각하는구나

겨울 숲과 겨울 해변을 지나
안개에 들어서는구나

나는 텅 빈 내 얼굴뼈를 만지며
먼 안개를 기억할 수 있어요

있어야 할 곳에 흰 뼈를 돌려주고는
어딘가 돌아오고 싶어요

꿈속처럼
나의 차가운 집처럼

다시 안으로 돌아오는 길에
빛으로 돌아오는 기분을 느낄 수 있을까요

흰 개의 눈을 읽는다

먼눈을 읽는다

빈 벌집에 눈과 빛을 채우던
환한 여백의 기억

희소 미래
—안개의 안

등을 내어주지 않는 흰말을 바라보는 일

섦은 낮잠이구나

자옥하게 고여드는 안개
흰말이 걸어 들어가면

나는 나의 가장 흰 것을
꿈속에서 보여주려고

나의 모든 눈을 감았어

네 꿈이 깊어지고 있구나

희소 미래
―빛의 늪

눈사람이 눈을 더 불러오지 않는다 불러오는 것
은 안개비였다
이제 나는 눈 속에 발목을 잠그고

멀리 내게 도착한 듯한 눈사람을, 천사인데도 유
령인 척하는 윤곽을
그저 부드러운 기척의 마지막 눈사람을

여린 비에 깎이는 눈의 살결을, 눈사람에게 흰
볕은, 흰 늪은
눈의 눈꺼풀이 녹아내리는 꿈이라는 것을

고여 있는 눈이라고 생각했지만 고여 있는 빛 속
에서
나는 깊이 잠가두는 발목으로

첫 눈사람이 차례를 기다리듯이

눈과 귀를 기다리듯이

희소 미래
—어린 한국 시인은

먼 미래의 눈석임철,

어린 한국 시인이 본 것은

초새벽 첫 그림자, 눈의 낙서들, 텅 빈 염화칼슘
상자, 눈석임에 부식된 기도들, 회수의 손, 날개를
찢어본 적 없는 손, 길고 투명한 유리 연필, 유리 연
필을 부러뜨리며 전하는 말들, 부러진 유리 연필로
눈사람에 새긴 표정, 심장의 자리에 숨겨두는 유리
레몬
　……미래의 빛 속에서 옅은 그림자를 말아 줄
때, 첫 단추를 놓치며 심장이 흔들렸을 때, 마침내
어린 한국 시인은

눈사람의 얼굴에는 자세가 있다는 것을

유사 미래도 없이

어젯밤 오래된 SF 영화를 검색했을 때 겨울 식물
이 나열되었어

어디에도 그 영화를 볼 수 있는 곳이 없는데 오
늘은 오랜 눈비가 멈추고 햇빛
젖은 우비를 입고 산책을 했어

햇볕에 우비가 마르는 동안 긴 골목은 기억을 비
틀고 그 영화를 볼 수 있는 곳이 어디에도 없다는
어둠이 잊히고
다만 상영되는 계절과 엷은 사물의 미래와
환한 영혼의 일

겨울 빈터에 희고 부드러운 식물이 늘어가고 있
어

나의 미래 산책은 부드러운 사물이 부드러운 사
람에게

　　영혼을 흰 소매부터 입혀주는

　　멀고 아름다운 세계를 구상하네

PIN

055

청레몬의 고요함

안미린

에세이

청레몬의 고요함

유령 이후

0

텅 빈 진보랏빛 향수병, 찢어진 비치 볼, 반쯤 뒤집힌 채 은빛을 내는 과자 봉투, 바다보다 푸른 음료가 고인 모래 웅덩이. 파도 위에서 작고 가벼운 우연이 거듭되고 흰 운동화 한 짝 남겨진 장면.

해변의 유령들이 차가운 모래 속으로 발을 파묻었다. 한 발을 파묻으면 다른 여분의 발이 있었다. 그들은 오른발과 왼발을 구분하지 않았다. 발은 작고 투명하고 충분했다. 그들이 매혹되는 건 신발이 아니라 신발 끈이었다. 어디든 신발을 끌고 다닐 수 있는 하얀 신발 끈. 쉽게 부러지는 발목에 리본을 묶을 수 있는. 키 높은 파도 너머 부러진 발목을 되찾을 수 있는.

지나간 기억과 아무 상관없는 미래의 나날처럼.

1

해변에 눈이 내렸다. 파도 가까이 눈사람을 만들었다. 인간은 눈사람을 만드는 동안 그 무엇에도 두려워 보이지 않는다. 한여름 수박을 깨뜨릴 때처럼. 나는 여름과 겨울의 오랜 습관을 좋아했다. 해변에서 수집되는 옅은 이야기를 좋아했다. 낮고 여린 곳에 눈이 쌓이면 궁금했다. 떠나지 않는 슬픔을 간직하는 시간 끝에 어떤 흰 것이 남을까. 부드러운 모래 위에 만든 어린 눈사람. 작고 흰 무릎의 정처 없음. 잃어버린 운동화 속에 숨겨진 흰 산호들이, 맑은 뼈 화석들이 정처 없이 두 손에 선물되는 오후.

파도에 씻긴 텅 빈 향수병은 처음 만든 눈사람 향기가 났다.

가까운 사람부터 처음 만난 사람까지 눈사람을 만들고 있었다. 나는 남겨진 후에 시작되는 이야기를 기다리고 있었다. 지난밤 얼마나 많은 유령을 만났는지. 백 명을 넘긴 밤, 얼마나 아름다운 눈사람을 보았는지. 나의 눈사람은 벌써 파도 속에 있었다. 유령 이후의 눈사람이었다.

버려진 해변처럼

우리는 백 년 전에 단 한 번 만난 사람처럼, 마침 그 장소가 해변이었던 것처럼 마주한 적 있다.

나는 당신이 시인인지 소설가인지 아직 존재하지 않는 투명한 장르의 첫 독자인지 알 수 없었다. 오래전 당신은 시를 쓴 것 같았다. 소설을 쓴 것 같았다. 시를 쓰고 소설을 쓰다 방금 그만둔 것 같았다. 거실을 비우고 전시를 열고 싶은 것 같았다. 가상의 눈사람을 설치하고 해체하고 싶은 것 같았다. 아무것도 쓰지 않고 모든 것을 읽는 사람. 그런 유의 깨

꿋함을 가진 것 같았다.

　나는 당신과 긴 대화를 나누지 않았다. 최근에 읽은 책과 겨울 해변에 관한 이야기를 나누었지만 곧 정적이 찾아왔다. 우리는 그 순간을 가만히 놔두었다. 아무것도 묻지 않았다. 사는 곳, 하는 일, 여자인지 남자인지 그 둘 다인지 그 둘은 아닌지 알 수 없었다. 이름을 들었지만 맑은 음성이었다. 당신도 내 이름을 들었다. 어린 날 언젠가의 별명이었다. 우리는 전시장의 긴 소파에 나란히 앉아 있었다. 화이트 큐브의 하얀 벽을 바라보며 정적이 떠다니게 놔두었다. 떠다니다가 가장 작은 사건에 떠밀리게. 천사가 지나가는 중이라는 말도 하지 않았다. 불투명한 난독 없이 단지 비투명해지는 시간. 이제 우리는 어디를 향하든 안전했다. 안전한 가운데 어디로 가는지 알 수 없는 기쁨이 살짝 흘렀다.

　부드러운 정적 속에서 우리는 서로 아무 말도 들려주지 않았다. 초겨울 해변에서 만든 첫 눈사람에 대해서. 버려진 해변에서 수집한 아름다운 향수병에 대해서. 모서리에 고인 마지막 한 방울의 향수를 눈사람의 맑은 이마에 떨어뜨리는 밤. 그 밤의 깊은 투명함에 대해서. 가만히 속삭이지 않았다. 당신을 해변에서 본 것 같다고 생각했다. 우리는 텅 빈 향수병에 모래를 채우지 않았다. 흰 눈을, 입김을 불어 넣지 않았다. 우리는 안녕, 인사하지 않았다. 그러나 그 모든 것을 시작한 기억이 나는 듯했다.

그래요, 우리는 그 밤이 아름다운 것이에요……. 백 년 전 나의 친구처럼, 해변의 향기로운 눈사람처럼 우리는 여전히 목소리가 없다.

무향실에서

향해 가는 것은 유리의 결말이다.

향해 가는 것은 유리 너머 숲이다.

향해 가는 것은 열리지 않는 세계가 아니지만, 낯선 창문에 다가선다. 모서리가 단단히 봉해진, 오직 빛이 오가도록 붙박인 창문. 온전히 삭제된 것 같은 모든 틈. 열리지 않는 유리창으로 시선이 향하도록 내버려둔다. 숲으로 여름 숲으로, 여름을 지나 겨울 숲으로, 설경으로. 영원해 보이는 설경으로. 세계에

영원한 것이 없는데 어느덧 영원해 보인다. 영원하다면, 정말 그렇다면……, 잠시 망설이다가 조금 기쁜 듯 조심스럽게 시작해보는 일. 그런 기분의 결을 가지려고 빛이 드는 곳에 머무른다.

향해 가는 것은 어둠도 빛도 아니지만, 열리지 않는 창문은 어두운 동굴의 일부처럼 환하다. 단단히 닫히는 동시에 생기는 깊이가 있다. 그 깊이는 방향을 갖는다. 깊이를 따라서 내려가거나 파고들어 가면 어둠과 빛이 적절히 섞인 비밀스러운 기분에 가닿는다. 이 기분이 마음이구나. 기분을 마음이라고 생각하는 감정이구나. 기분과 마음과 생각과 감정이 뒤섞인 끝에 완성된 비밀 하나를 갖는다. 영원히 창가에 놓아둘 수 있는 비밀.

향해 가는 것은 비밀이 아니지만, 지금 이 순간 고백을 듣는 일보다 더 환한 것은 없다. 유리창에 긋는 옅은 실금이 흰 숲의 일부로 보인다는 고백. 고백하는 존재들을 아껴주고 싶다. 은빛 실험복을

입은 존재들. 은빛 외계인이 온다면 무리 없이 마주
칠 은빛 생명체. 실험복을 벗고 마주하는 착시들.
그제야 흰 숲에 가려져 있던 무수한 실금들이 보인
다. 미동하는 균열들. 빛바랜 비밀들. 무향실에서.
모든 실험이 끝난 이곳에서. 남겨진 것은 단 하나의
창문과 유리창 너머 흰 숲의 향취.

흰 숲을 비추는 유리의 결말은 열리지 않고 깨뜨
려진다.

향이 향해 온다.

청레몬의 고요함

0

희고 깨끗한 침대 밑으로 청레몬이 굴러가고 있다. 레몬이 구르는 동안 기우는 바닥을 느낀다. 레몬이 멈춘 곳에서 기울어진 바닥의 계획을 느낀다.

1-1

초겨울, 청레몬을 한 상자 선물받았다. 레몬을 원하는 친구들과 고루 나누고, 남은 것은 황설탕을 섞어 잼을 만들었다. 불을 붙이고 물을 끓인 흔적은 따듯했다. 달콤한 냄새를 풍기는 냄비, 가루가 엷게

남아 반짝이는 계량컵, 끓인 물에 충분히 소독된 유리병, 아직 열기가 남은 레몬잼의 연한 금빛. 시간의 부드러운 일부를 졸여놓은 것 같았다. 충분한 설탕으로. 숨겨진 기억이 상하지 않게 넉넉한 설탕으로.

처음 공간을 가졌을 때 낯선 사람에게 건네받은 선물이 떠올랐다. 아기 고양이를 안겨주듯 작은 유리병을 건네던 손길과, 밝고 어두운 과일이 섞여 세심하게 완성된 진보랏빛. 낯선 사람은 내게 조용히 일러주었다. 잠결에 만들었으니 분명 불면을 잊을 거라고. 친구도 연인도 아니었던, 소박한 집들이에 떠밀려 온 사람. 텅 빈 시소 앞에서 만났다가 아이답게 헤어진 듯한 사람이었다. 나는 깊은 밤마다 몇 스푼의 진보랏빛 잼을 비웠다. 그 후에 텅 빈 유리병을 오래 간직했다.

1-2

공간은 어제 오후와 거의 흡사했다. 식탁 위에 올려놓은 잼 한 병이 과거와 현재를 밝고 엄연하게 나누어주었다. 환한 녹색과 어두운 금색이 뒤섞인 빛의 출렁임은 기억 같기도 미래 같기도 했다. 기억을 닮은 미래가 있다면 아마도 녹슨 레몬빛일 것이다. 그런데 미래를 닮은 기억이라면? 서툰 감정을 통과해낸 것처럼 온전히, 우연히 기억에 머무른다면?

작고 덧없는 무엇이 발끝에 툭 닿는 느낌이 들었다. 청록빛이었다. 열매는 오래된 나무 식탁이 아닌 어린나무에서 갓 떨어진 것 같았다. 사람이 발목을 움직일 때까지 숨죽여 기다린 것 같았다. 굴러서 향하는 곳은 벽이나 문, 어디라도 좋은 듯한 느낌이었다. 나는 자리에서 벗어나 멀어졌다. 이제 무얼 해야 할까 생각했다. 남겨진 청레몬으로. 단 한 알을 들고. 눈 코 입을 그려 친구에게 선물할 수도 있을 것이다. 눈이 내릴 때까지 기다릴 수도 있을 것이다. 눈사람에게 심장을 달아줄 수도 있을 것이다.

새를 감싸듯 청레몬을 손에 들었다. 손안에 어린 열매 향기가 났다. 옅은 겨울 냄새, 아득한 안개 향기였다. 단지 오래 들고 있는 것만으로 향이 짙어졌다. 점점 짙어지는 향을 따라서 집을 나서고 싶다는 생각이 들었다. 향이 묻은 빈손으로 거리를 향하고 싶다. 한적한 거리를 걷다가 홀연히 다른 방으로 들어가고 싶다. 남겨진 방으로 돌아가고 싶다. 마르크 오제가 말하는 '비장소'들로. 부유하는 밤 비행기 안으로. 이국의 오래된 호텔로. 낡은 창문이 있는, 한때 경험했던 곳으로.

2-1

침구의 흰색이 너무 짙어서 푸른빛이 감도는 장면. 창밖에 첫눈이 내리는 풍경. 손가락으로 첫눈을 가리키며 이국의 단어를 하나 배운 일. 손끝에 내려앉은 방금 배운 단어가 녹아 사라지던 기억…….

어떤 경험은 꿈을 꾸는 것보다 충분했다. 차고 맑은 현실 위에 청레몬을 올려두는 일. 방금 쌓인 눈처럼, 구겨지지 않는 눈처럼, 예비된 겨울 침구 위에.

2-2

낯설지만 돌아온 듯한 기분이었다. 쇠퇴된 여행지의 방. 늙은 갈색 개의 털 색깔을 닮은 마룻바닥. 이전에도 모형이 있었던가. 탁자에 놓인 금속 선반에 과일 모형들이 나란히 놓여 있다. 옅은 분홍빛 복숭아, 종이빛 서양배, 레몬색 레몬과 청록빛 청레몬. 나는 초겨울의 청레몬을 떠올렸다. 분명 그래서였을 것이다. 미약한 지진. 늙은 개의 갈색 털이 뒤척이는 느낌이 들고, 선반에서 청레몬 모형이 굴러떨어졌다. 아무 소리 없이. 미세하게 기울어진 바닥을 가볍게 굴러갔다. 세계의 오랜 무례를 떠나 비밀에 정착한 듯한 고요함이었다.

　모형이 멈춘 곳은 침대 밑이었다. 깃털 먼지가 옅게 쌓인 마룻바닥에 문장이 새겨져 있었다. 모르는 언어였다. 그런데 내 기억은 그것을 읽을 수 있었다. '사라짐으로부터 되돌아오다.' 불현듯 마룻바닥에 엎드린 늙은 개의 털에서 옅은 풀냄새가 났다. 어린 레몬향이었다. 겨울에 가까스로 남겨진 식물의 냄새였다. 이 느닷없는 기억을 확신할 수 있을까. 나는 방문을 열고 우연히 지나가는 사람을 기다렸다. 도착하듯 다가오는 존재에게 갈색 개의 존재를 물었다. 진보랏빛 코트를 입은 사람에게. 기울어진 바닥의 계획을 어렴풋이 느끼면서.

0-1

알 수 없는 언어로 알 수 없다는 말을 듣는 일. 늙은 갈색 개의 존재는 옅고 아름다웠다. 기억은 오래되고 무해했다. 나는 짐을 풀었다. 희고 깨끗한 침대 위에 모형 과일을 올려두었다.

유리 레몬에는 아무 향기가 나지 않았지만

　어젯밤 얼려둔 청레몬을 잃어버리면 눈사람의 심장은 무엇이 될까. 유리 레몬이라면, 어느 밤 누군가 발길질하면, 눈사람의 투명한 심장이 산산조각 나면, 우리는 도저히 이 세계를 용서할 수 없을 것 같아.

　너는 창을 열고 네가 깊이 사랑하는 나를 바라보고 있다. 유리 레몬은 눈보다 얼음보다 더 차갑다. 눈사람의 고요함이 청레몬의 고요함과 다르지 않다고 생각했을 때

나는 눈사람을 껴안고 설산으로 향한다.

희소 미래

지은이 안미린
펴낸이 김영정

초판 1쇄 펴낸날 2025년 5월 25일

펴낸곳 (주)현대문학
등록번호 제1-452호
주소 06532 서울시 서초구 신반포로 321(잠원동, 미래엔)
전화 02-2017-0280
팩스 02-516-5433
홈페이지 www.hdmh.co.kr

ISBN 979-11-6790-299-3 (04810)
ISBN 979-11-6790-284-9 (세트)

* 책값은 뒤표지에 있습니다.

현대문학 핀 시리즈 시인선